LA HISTORIA DE
CÚPIDO Y PSIQUE

Traducción y adaptación de
Francisco Javier Álvarez Comesaña
a partir del original de
Winifred Margaret Lambart Hutchinson

ÍNDICE DE CONTENIDO

ÍNDICE DE ILUSTRACIONES

MÁS HERMOSA QUE VENUS

Había una vez, en una tierra del Oeste, un rey y una reina que tenían tres hijas encantadoras. Las dos mayores eran tan hermosas que, cuando crecieron y se presentaron juntas en la corte –pues ya casi eran adultas–, ninguna otra muchacha allí podía compararse con ellas, y todos los que las veían reconocían que eran, de lejos, las jóvenes más hermosas de todo el reino.

Pero cuando la tercera princesa, la más joven, cuyo nombre era Psique, que tenía entonces quince años, apareció allí un poco más tarde, sobrepasaba de lejos a sus hermanas en hermosura y apariencia y majestuosidad, como la luna supera las estrellas.

Entonces se llenaron de celos, pues ya no las alababan: ya nadie tenía ojos para ellas, pues todos prestaban atención solo a Psique; y la fama de su encanto se divulgó por la ciudad y todo el país.

Cientos de personas, tanto ciudadanos como extranjeros, se congregaban en el palacio de su padre para contemplar aquella maravilla, y, cuando la miraban, se sobrecogían de admiración hasta el punto de reverenciarla y adorarla al grito de que la propia Venus había bajado a vivir entre ellos.

No tardó en difundirse el rumor entre los países vecinos, y de ahí al resto del mundo, de que esta gloriosa e incomparable muchacha no era mortal, sino la mismísima diosa del amor y la belleza, nacida de la espuma del mar, a la que los griegos llamaban Afrodita, y otras naciones, Venus.

Incontables viajeros acudían desde países lejanos por tierra y mar para ver aquello con sus propios ojos y, tras ver a Psique, volvían a casa y declaraban que ciertamente era Venus o alguna nueva divinidad, más adorable, que había aparecido sobre la tierra.

Entonces, empezaron a descuidar el culto de la Venus de verdad: abandonaron sus famosos templos, se cayeron las guirnaldas de las estatuas, y los altares ya no desprendían el humo de los sacrificios, pues ahora todos sus honores se los concedían a Psique, que, contra su voluntad, se vio obligada a recibirlos.

Todas las mañanas, turbas de adoradores se reunían ante el palacio y, cuando ella aparecía, quemaban dulce incienso ante ella y ofrecían humildemente flores y guirnaldas de mirto.

Cuando Venus vio todo esto, se enfureció como nunca antes con la pobre Psique.

—¡Qué! —se dijo para sí misma—. ¿Es que han olvidado que el pastor Paris, al que el propio Júpiter estimó digno de ser juez, me dio a mí el premio a la diosa más hermosa? ¿Voy a consentir que me desdeñen los dioses y los hombres porque una desgraciada mortal se atreve a comparar su belleza a la mía? ¡No! Esta muchacha, quienquiera que sea, que me usurpa los honores, se arrepentirá amargamente de todo esto, o de lo contrario dejaré de considerarme una diosa.

1. Psique es honrada por la gente y desata los celos de Venus
(Luca Giordano)

Así pues, llamó a su hijo Cupido a su presencia y le rogó desesperadamente que, si tenía algún amor por su madre, la vengara de la calumniosa injuria de aquella falsa, malvada e impía mortal. Y, tras contarle toda la historia, y dónde vivía Psique, le ordenó a su hijo que se fuera volando inmediatamente para castigarla como merecía.

—De todo corazón, dulce madre —respondió Cupido—. Tan solo dime qué he de hacer, pues ya sabes que no tengo rayos como Júpiter, y mis flechas no matan como las de Apolo.

—No —dijo Venus—, si no quiero que mates a esta infeliz. La muerte sería un castigo demasiado corto y ligero para ella... Quiero que sufra tal congoja que anhele morir, en vano. Entonces, dispárale una de tus ardientes flechas mágicas en el corazón, y haz que se enamore del hombre más pobre, feo y ruin del reino de su padre.

Cupido prometió obedecerla, y, después de que Venus lo besara y lo armara con su arco de oro y carcaj de cristal, el joven dios se fue volando hacia el Oeste.

LA MALDICIÓN DE LA BELLEZA

Mientras tanto, Psique, con toda su belleza y fama, llevaba una vida triste por ello. Sus dos hermanas, que eran las muchachas más soberbias y vanas que podía haber, envidiaban y odiaban a la pobre chica por el honor y adoración que le otorgaban los demás; pero ella no los disfrutaba, pues era de naturaleza tímida y amable, muy cariñosa, ingenua y asustadiza.

Las alabanzas y la admiración por su belleza abrumaban bastante a la muchacha, que sinceramente pensaba que sus hermanas eran mucho más hermosas que ella; en cuanto a ser adorada como una nueva Venus, eso la aterrorizaba tanto que lo único que le hacía soportarlo era la obediencia a sus padres. Pero ellos, en el bobo orgullo de sus corazones, continuaban haciendo un espectáculo de ella, ataviándola y coronándola con las flores de Venus, y la obligaban a actuar como la diosa lo mejor que pudiera.

Sin embargo, no pasó mucho hasta que sus padres comenzaron a arrepentirse de su insensatez. Acudieron muchos pretendientes por sus dos hijas mayores, que se casaron bien con dos magníficos nobles extranjeros; pero nadie, noble o no, quería casarse con Psique.

Esto parecía tan extraordinario al rey, su padre —aunque la simple realidad era que debía culparse a sí mismo, pues ¿quién podría pretender cortejar a una diosa?—, que sospechaba que los dioses envidiaban la gloria de su hija y querían mantenerla soltera como venganza. Así pues, resolvió acudir a un oráculo.

2. Los padres de Psique acuden al oráculo de Apolo
(Luca Giordano)

En aquellos días había un oráculo famoso de Apolo en cierta ciudad llamada Mileto. Hasta allí fue el rey, aunque fue un viaje bastante largo para él; y, tras orar y ofrecer sacrificios, le preguntó al oráculo qué debía hacer para conseguir casar a su hija. Apolo le dio la siguiente respuesta por boca de su sacerdotisa:

Que la hermosa Psique se prepare para el duelo, pues no habrá de casarse con alguien de raza humana, sino con una serpiente caída, la más feroz de su clase. Los estrellados cielos surca con sus alas, sometiendo a todos en su ardiente vuelo; los mismos dioses, los poderosos y los sabios, acaban sometidos a su voluntad.

El rey se marchó a casa sumamente afligido y le reveló a su esposa el terrible destino que aguardaba a su hija; y lloraron y se lamentaron juntos durante muchos días. Entonces, no atreviéndose a desobedecer el oráculo, comenzaron a preparar a Psique para su matrimonio con la serpiente, o más bien, como parecía bastante obvio, para su desgraciado final.

Podría pensarse, viendo los preparativos, que lo que iba a celebrarse era un funeral, no una boda; el palacio y toda la ciudad resonaban con música fúnebre y lamentos, en lugar de música nupcial; se prendieron antorchas negras; la propia novia llevaba un velo y un vestido negros, y toda la comitiva iba vestida como plañideras.

3. La boda de Psique (Edward Burne-Jones)

Las lágrimas y las súplicas de todo el pueblo movieron al rey a posponer el día fatal por un tiempo, pero llegó el momento en que no pudo retrasarlo más, no fueran a encolerizarse los dioses.

Había una escarpada y alta montaña no muy lejos de la ciudad, coronada por una gran roca con forma de altar; allí llevaron a la desafortunada Psique en lúgubre procesión; su padre y su madre iban caminando a su lado, seguidos por sus sirvientes y amigos y una gran multitud de ciudadanos, todos deshaciéndose en lágrimas y con amargos lamentos.

Cuando llegaron a la cima, el rey y la reina comenzaron a despedirse de su hija, pero no les salían las palabras; llorando y sollozando, se golpeaban el pecho y se mesaban los cabellos en aquel duelo desconsolado.

4. Psique es abandonada a su suerte (Luca Giordano)

Pero Psique les dijo:

—Queridos y amados padres: ¿por qué me rompéis el corazón con vuestros rostros llorosos y el maltrato de vuestros grises cabellos? ¡Ay!, demasiado tarde es ya para estas lágrimas. Cuando el pueblo hizo de mí una diosa y me consideró una nueva Venus, entonces era el momento de llorar por mí, sabiendo que mi desgraciada belleza había de ser mi ruina. Y ahora ya veis, demasiado tarde, que la cólera de la ofendida Venus ha traído a vuestra hija la miserable perdición. Pero, como no hay remedio, os ruego que me dejéis para enfrentarme a mi destino. Estoy lista... no, estoy deseosa de conocer a mi prometido, pues creo que se trata de la Muerte.

EL PALACIO ENCANTADO

Así pues, dejaron sola a la pobre Psique, que lloraba y se estremecía en la rocosa cima de la montaña; pero, mientras estaba allí de pie aguardando con infinito terror la llegada de la serpiente, de repente el viento del Oeste, al que los dioses llaman Céfiro, sopló suavemente y se la llevó flotando hasta las profundidades del valle al otro lado de la montaña.

5. Céfiro se lleva a Psique (Luca Giordano)

Entonces, la dejó en una cama de flores dulces y fragantes, y Psique no tardó en quedarse dormida con tanta paz y confort. Luego, vio muy cerca un bosque de grandes y nobles árboles, por el cual corría un río de aguas transparentes como el cristal. Se metió un poco por el bosque y vio en medio, junto al río, una regia casa que de primeras creyó que había de ser de un rey; pero, cuando se acercó y reunió el coraje de entrar —pues la puerta estaba abierta de par en par, y dentro no se veía a nadie—, entonces Psique supuso que aquella casa no era obra de un mortal, sino que debía de ser la casa de vacaciones de algún dios o ninfa.

Todas las habitaciones tenían techos labrados de marfil y madera verdosa apoyados en pilares de oro; las paredes estaban recubiertas de plata; todas las puertas estaban adornadas con osos, leopardos o leones rampantes de oro, aunque parecían estar vivos y a punto de saltarte encima. Todos los suelos estaban cubiertos de un entarimado de piedras preciosas y diversos colores, que formaban tan exquisitos patrones y dibujos que cualquiera que pisara aquel suelo insólito había de sentirse afortunado.

Pero no solo los suelos, sino todo el revestimiento, cornisas, puertas y muebles de la casa resplandecían con la luz del sol, reflejada en el oro, perlas y gemas ricamente engastadas. Había también habitaciones llenas de tesoros amontonados en enormes pilas, pero lo que más extrañó a Psique era que todo estuviera abierto de par en par, sin pestillo ni cerrojo para evitar que alguien se lo llevara.

Mientras vagaba de habitación en habitación, deleitándose con todo lo que veía, oyó una voz; se volvió de inmediato, pero no vio a nadie, y aun así la voz seguía hablando:

—Querida —decía—, ¿por qué te maravillas ante estas riquezas? Todo lo que ves aquí está a tu disposición. Por favor, entra en tu dormitorio y descansa un poco, y pide que te preparen un baño como más te guste, caliente o frío. Nosotras, cuya voz oyes, somos tus sirvientas, siempre dispuestas a obedecerte. Y mientras reposas y te bañas, prepararemos exquisiteces para tu cena.

De inmediato Psique supo que debía de tratarse de algún encantamiento divino, por lo que lo primero que hizo fue descansar en la cama de marfil. Luego se quitó su atuendo de luto, tomó un baño y se vistió con una bata blanca con bordados de oro que le tenían lista.

6. Psique y el servicio invisible del palacio (Luca Giordano)

Y entonces vio una mesa dispuesta ante ella y una silla para sentarse a comer. Cuando se sentó, al momento todo tipo de exquisitos platos y selectos vinos se le sirvieron de una forma maravillosa, pues cada plato aparecía y desaparecía, movido por personas invisibles, aunque sí oía sus voces a su alrededor.

Tras el último plato, entró alguien y empezó a cantar, mientras un músico tocaba la lira; pero todavía no había visto a nadie en la habitación. Y aun así, aquella sinfonía la emocionaba tanto que, aunque no podía ver a nadie, era como si estuviera entre una multitud de oyentes.

Cuando terminó aquella fantástica música, Psique se fue a la cama, pues ya era de noche y estaba agotada; pero tenía miedo de dormirse, pues ahora le vino a la cabeza que era su noche de bodas, y que aquel palacio encantado debía pertenecer a su esposo, la serpiente. Y efectivamente, poco después, aún despierta en la oscuridad, el novio entró, pero no era una serpiente, pues la acarició con sus manos y le susurró amables palabras de amor que hicieron a Psique olvidar sus miedos y caer en un feliz sueño. Cuando despertó, ya era de día, y ella estaba sola en la habitación.

EL MONSTRUO ALADO

Durante un tiempo Psique vivió feliz en aquella magnífica mansión. Durante el día, encontraba nuevas sorpresas en los tesoros que la rodeaban, pues todos los días se encontraba algún objeto precioso y encantador que no había visto antes; y cualquier cosa que quisiera, ya fueran hermosas ropas o flores o frutas exóticas y exquisiteces, se la llevaban de inmediato en cuanto la pedía las sirvientas invisibles. Pero su mayor solaz era la música que tocaban y cantaban los músicos invisibles, pues eso le hacía olvidar su sentimiento de soledad.

Así pasaban los días, y por la noche su marido acudía a ella, aquel a quien Psique llegó a amar con todo su corazón. Pero nunca lo veía, pues él siempre se marchaba antes del amanecer.

7. Cupido se marcha antes del amanecer (François-Édouard Picot)

13

Mientras tanto, el padre y la madre de Psique estaban sumidos en la aflicción, y sus dos hermanas, al enterarse de su supuesta muerte, fueron desde sus hogares a visitarlos y a llorar con ellos. Esa noche, el marido de Psique le dijo:

—Mi querida esposa, tengo que advertirte de un gran peligro que se cierne sobre ti. Has de saber que tus dos hermanas, que creen que estás muerta, han ido a llorarte junto a tus padres, y mañana y pasado subirán a la montaña para plañir por ti. Pero cuando los oigas a todos lamentarse, cuídate de no llamarlos ni de que te vean, pues, de ser así, solo me procurará problemas a mí, y la perdición a ti.

Psique prometió que así lo haría, y todo el día siguiente se quedó dentro sin salir, no fuera a sentirse tentada al oír las voces de sus hermanas si iba fuera. Pero su corazón anhelaba verlas de nuevo, y al momento comenzó a pensar que era demasiado duro no informarlas siquiera de que estaba viva, estando ellas allí tan cerca entre tan grandes lamentos por ella. Y es que, en su candidez, nunca dudó de que la amaban tanto como ella a sus hermanas. Entonces le sobrevino el pensamiento de su soledad y rompió a llorar.

—¡Ay, ay! —sollozaba—. Soy la más desgraciada del mundo. ¿Qué será de mí? ¿Es que tendré que quedarme encerrada siempre en esta prisión, sin volver a ver un rostro humano? ¡Ni siquiera puedo ver a mis propias hermanas, desdichadas! ¡Ay, qué crueldad!

Todo el día Psique estuvo llorando y reconcomiéndose: no quería comer, ni bañarse, ni oír música; y cuando llegó su marido por la noche, la encontró inundada de lágrimas. No se dejaba consolar por sus besos y sus palabras amables. Entonces, suspiró y le dijo a su esposa:

—¿Así es como cumples tu promesa, mi amor? ¿Es que has estado llorando todo el día y no puedes parar ni siquiera entre mis brazos? Bueno, allá tú: haz lo que quieras y, cuando te hayas buscado la ruina, recuerda que te lo advertí, y entonces será demasiado tarde para arrepentirse.

—Ay, no pienses que soy testaruda —dijo Psique, suplicante—, pero es que seguro que moriré si no me dejas volver a ver a mis hermanas, solo esta vez. Solo quiero consolarlas y decirles a mis padres que no estoy muerta. ¿Qué mal puede haber en eso? Por favor, por favor, si mis hermanas vuelven mañana, deja que tu sirviente Céfiro las lleve al valle para que pueda hablar con ellas y mostrarles este hogar tan encantador.

—Vendrán —respondió—, y puedes mostrarles la casa y darles tanto oro y joyas como quieras para que se las lleven. No puedo soportar verte tan infeliz; pero, mi querida esposa, si tienes amor alguno por mí, hazme caso en una cosa: no dejes que los consejos malvados de estas mujeres te persuadan de verme la cara, pues entonces tu curiosidad nos separará por siempre.

—Mi dulce esposo —gritó Psique, llena de alegría al ver que le permitía su deseo—, antes moriría que separarme de ti, pues, seas quien seas, te amo como a mi propia alma: no podría venerarte más, ni aunque fueras el mismísimo dios del amor. Así pues, te haré caso. No te preocupes por eso.

Entonces, tras un suspiro de él, ella lo besó con cariño y le dio las gracias por atender a sus súplicas, y lo llamó su señor, su marido, su amor, su gozo y su consuelo, todo con tanta dulzura que se despreocupó por el mañana, aunque sabía qué ocurriría.

LAS HERMANAS DE PSIQUE

A la mañana siguiente, las hermanas de Psique fueron de nuevo a la cima de la montaña, pues por alguna razón tenían el propósito de averiguar más exactamente qué había sido de ella, aunque ya habían buscado en vano cualquier rastro el día anterior. Tremenda fue su sorpresa cuando, entre lamentos y angustiosos llantos mientras gritaban el nombre de su hermana, oyeron su voz, que las llamaba a lo lejos:

—¡Estoy aquí, queridas hermanas! ¡Soy yo, Psique! No lloréis más, pues estoy sana y salva.

Y entonces, antes de saber dónde estaban, Céfiro las levantó a las dos y se las llevó con suavidad hasta el valle, y Psique fue corriendo a sus brazos, riendo de alegría. Y las tres se abrazaron y besaron y saludaron cien veces.

Nunca había habido un reencuentro tan alegre: las dos orgullosas princesas olvidaron por un momento su resquemor y compartieron la alegría de Psique. Entonces, ella les dijo que estaba casada, y continuó:

—Vamos, hermanas, venid a ver mi casa, y allí nos divertiremos.

Pero cuando las llevó al palacio y les hubo mostrado los tesoros..., cuando oyeron las voces de su tropel de sirvientes invisibles que la servían como a una reina..., cuando se hubieron lavado y comido con todo tipo de lujos propios de los dioses..., entonces la envidia regresó a ellas.

La mayor, de naturaleza muy curiosa, comenzó a preguntarle a Psique quién era su marido, y de qué rango, y cómo llegó a tener semejante casa. Pero Psique recordó la advertencia y les respondió a toda prisa:

—¡Ah! Es un joven de rubios cabellos, que se deleita con la caza en las colinas, por lo que no suele estar en casa durante el día.

Temiendo que fueran a sorprenderla mintiendo si seguían preguntándole, no se atrevió a dejar que se quedaran más tiempo, por lo que les dio grandes cantidades de oro, plata y joyas, y llamó a Céfiro para que se las llevara.

Mientras iban de vuelta a casa desde la montaña, las dos princesas no podían contener su furia y envidia.

—¡Pero bueno! —comenzó a decir la mayor—. ¿No es una gran injusticia que esa mocosa tenga semejante suerte, mientras que tú y yo, las mayores y mejores, no somos más que pordioseras y donnadies comparadas con ella? ¿Por qué ha de tener la muy simplona esas enormes riquezas, cuando no tiene ni la razón de usarlas apropiadamente? ¿No viste tú, hermana, qué grandes montones de joyas había en la casa, qué resplandecientes ropas, y el mismo suelo que pisamos, empedrado de gemas?

»Vaya, una diría que tiene de marido a un dios, y seguro que se da ella aires de diosa, dando órdenes a aquellas voces y a los vientos del cielo... En cualquier caso, si dijo la verdad, su marido es joven, y ella puede hacer lo que le plazca; entonces ahí tenemos a Psique, la mujer más dichosa del mundo, mientras que yo, desgraciada, estoy casada con un hombre más viejo que mi padre, más calvo que un huevo y débil como un niño, y todo el día me está mandando callar.

—¡Pues yo estoy peor que tú aún! —dijo la otra hermana—. Mi marido es tan deforme y gotoso que mejor estaría sola. Para él soy más una sirvienta que una esposa. ¿Te lo puedes creer? ¡Soy yo la que tiene que estar frotándole y vendándole los dedos gotosos, manchándome las blancas manos de los repugnantes ungüentos y trapos sucios! ¿También tú has acabado con un tirano, mi pobre hermana? Bueno, cuando pienso de qué forma hemos acabado, no puedo soportar que la fresca de Psique haya tenido tanta suerte.

»¡Y su soberbia! ¿No te diste cuenta de lo arrogante que fue con nosotras? Presumiendo de sus tesoros y dándonos una limosna de oro como el que da a un mendigo, ¡y entonces la señorita se cansa de nuestra compañía y nos manda marcharnos! Por mi vida que a esa descarada le quito yo sus delirios de grandeza, y si tú, hermana, eres de mi misma opinión, hazme caso: no le digamos a nadie, ni siquiera a nuestros padres, lo que hemos visto, pues, si nadie sabe que eres afortunado, eso le quita algo de encanto.

»Entonces, para empezar, guardémonos para nosotras lo que hemos visto y oído, y así le mostraremos a Psique que a sus hermanas no se las mira con desprecio. Pero ahora hemos de irnos cada una a nuestras ruinosas casas, hasta que hayamos hecho algún plan para causarle la ruina a esa trepa.

En esto estuvieron de acuerdo las dos malvadas mujeres, y ocultaron el tesoro que les había dado Psique, y fueron ante sus padres fingiendo gran duelo. Cuando el viejo rey y la reina las vieron todavía llorando y lamentándose y mesándose los cabellos, redoblaron su propio pesar; pero eso no preocupaba a las dos desalmadas.

Llenas de malicia y envidia, se despidieron de sus desgraciados padres y embarcaron rumbo a casa, y durante la travesía no hablaron de otra cosa que de maquinaciones para la caída y muerte de su hermana.

EL PLAN DE LA ENVIDIA

Poco después de esto, el marido de Psique volvió a prevenirla al anochecer del gran peligro que la amenazaba.

—Has de estar en guardia, mi dulce esposa —dijo–, pues esas mujeres traicioneras se ocupan en planear tu caída, y su propósito es convencerte de que me veas la cara; y si lo haces, como ya te he dicho, no volverás a verla nunca más. Si las muy brujas regresan, como me imagino que no tardarán en hacer, lo mejor será que no las atiendas ni hables con ellas. Pero si no eres capaz de contenerte, al menos hazme caso y no respondes ni una palabra si te preguntan sobre tu marido.

Naturalmente, las malvadas hermanas no tardaron en dar con un plan y volvieron a embarcar para llevarlo a cabo. Entonces, el marido de Psique la avisó de nuevo, y con gran intención.

—Querida —le dijo—, ya llega el temido día; ya se reúnen los enemigos de nuestro hogar y marchan en armas contra nosotros. Sí, tus dos hermanas han desenvainado sus espadas para matarte. ¡Ay! ¡Qué feroz asalto, el que hemos de soportar hoy! ¡Oh, dulce Psique!, apiádate de ti misma y de mí y sálvanos a los dos de este peligro mortal; te lo ruego: no hables con estas infaustas mujeres, indignas de ser llamadas hermanas tuyas, llenas de enemistad y odio antinaturales. No las escuches, no les respondas cuando vengan hoy a la montaña y te tienten, como las sirenas, con sus engañosas voces.

Cuando Psique hubo oído estas palabras, suspiró con pesar y dijo:

—Querido esposo, todo este tiempo has visto que soy fiel y leal, y créeme: siempre lo seré. Así pues, por favor, dile a Céfiro que traiga a mis hermanas como antes, pues creo que deberías dejarme verlas a ellas para compensar por no verte *a ti*, lo cual ciertamente nunca trato de hacer, y nadie me convencerá jamás para que desobedezca. ¡No, no! Estoy conforme con no ver tu querido rostro, mientras pueda sentir estas suaves mejillas, este cabello encantador, este hermoso cuerpo. No me importa la oscuridad que te oculta, pues tú eres la luz de mi alma.

Entonces, su marido, hechizado por estas palabras y poseído por la dulzura de sus caricias, le secó con sus cabellos las lágrimas a Psique y consintió su deseo. Y cuando llegó la mañana siguiente, él se fue como de costumbre.

Ese mismo día desembarcaron las malvadas hermanas y fueron directas a la montaña sin visitar a sus padres, y en su avidez saltaron de la roca de inmediato. Y ese habría sido su final, si no hubiera Céfiro estado esperándolas según las órdenes de su señor y las hubiera bajado sanas y salvas, aunque muy a su pesar. Esta vez, Psique no fue a su encuentro en el valle, por lo que fueron corriendo a la casa y se metieron en la habitación con brusquedad sin siquiera pedir permiso. Una vez encontrada su presa, las muy harpías la envolvieron en muchas halagüeñas palabras, diciendo que no descansarían hasta haberle agradecido a su hermana los espléndidos regalos que les había dado.

Psique las recibió con cariño, como antes; de nuevo les hizo preparar baños perfumados y un delicioso banquete. Tras eso, Psique pidió música, y de inmediato tocó un músico mientras unas dulces voces cantaban a la vez, y había flautas y tibias de acompañamiento, para gran deleite de las malvadas hermanas.

Pero incluso esta armonía celestial no pudo contener su envidia, odio y malicia. En cuanto terminó la música, se dispusieron a llevar a cabo su plan contra Psique: le preguntaron quién era su marido y cuál era su rango y linaje. La pobre y sencilla muchacha, que ya había olvidado lo que les había dicho la vez anterior, inventó una historia diferente: dijo que era un mercader rico de buena familia, un hombre de mediana edad, ya con algunas canas. Y entonces, temerosa otra vez ante tantas preguntas, las regó de tesoros y llamó a Céfiro para que se las llevara.

—Y bien, hermana —comenzó la mayor mientras bajaban de la montaña—, ¿qué te parece la obvia mentira de Psique? Primero nos dijo que su marido era joven y rubio, y ahora dice que ya tiene canas por la edad. ¿Qué joven es ese, dime, que se vuelve viejo en unos pocos meses? O mucho me equivoco, o la muy ramera se ha inventado estas mentiras acerca de su marido *porque nunca lo ha visto*. Pues si eso es así, sin duda se trata de algún dios que acude a verla invisible.

»Piénsalo, hermana: ¡Psique está casada con un dios! Sí, y cuando sea madre, como seguro que lo será, su hijo será divino. Pero si yo dejo que ocurra *eso*... ¡ya veo a madre gloriándose por ello! Pero por los dioses que nunca ocurrirá... Antes me ahorco que dejar que ocurra. Vayamos, pues, junto a nuestros padres e inventemos alguna excusa para volver a visitarlos; esta noche nos quedaremos en su casa y veremos las dos qué hemos de hacer a continuación.

Hasta tarde esa noche las malvadas hermanas estuvieron maquinando, y por la mañana subieron una vez más a la montaña y bajaron al valle en las alas de Céfiro. Cuando las muy hipócritas hubieron forzado lágrimas, llamaron con muchas lamentaciones a Psique, que salió corriendo alarmada, preguntando qué había ocurrido. Entonces, dijo la hermana mayor:

—Ay, querida, no sabes qué tremenda amenaza se cierne sobre ti. Tú estás ahí en casa, tranquila y contenta, pero nosotras, por nuestro amor de hermanas, hemos estado haciendo diligentes averiguaciones sobre tus asuntos, y hemos descubierto algo que no podemos mantenerte oculto. Acuérdate de cuando el oráculo de Apolo declaró que habías de casarte con una serpiente: me temo que era totalmente cierto, pues nos hemos enterado de que una serpiente enorme y venenosa, de colmillos voraces y afilados, viene para estar contigo todas las noches. De esto nos hemos enterado gracias a la gente de por aquí y a los cazadores de las colinas, que nos han asegurado que la vieron ayer mismo nadando por el río en esta dirección; y están seguros de que tan solo te anda consintiendo para que acabes de almuerzo suyo dentro de no mucho tiempo.

»Por tanto, querida Psique, piensa bien qué quieres hacer. ¿Harás caso a tus hermanas o te quedarás con la serpiente hasta que te coma de un bocado? Nosotras estamos listas para salvarte, pero, si eliges una muerte cierta sobre revelar todo este lujo misterioso y vergonzoso y el fingido amor de la serpiente, al menos has de reconocer que nosotras hemos cumplido con nuestro deber de avisarte.

¡Pobre Psique, tan boba! Mientras escuchaba aquel cuento, olvidó por completo la advertencia de su marido y su propia promesa de que estaría en guardia; empalideció de terror hasta casi desamayarse, por lo que no pudo decir palabra en un rato. Finalmente, con la voz temblorosa, habló:

—¡Ay, queridas hermanas! Os agradezco de todo corazón vuestra gran amabilidad, y estoy segura de que todo lo que os han dicho es cierto. Ahora debo confesar que nunca he visto a mi marido, y que no sé nada de él: solo oigo su voz por las noches. Siempre se marcha antes del amanecer, como si temiera la luz del sol, y eso sí que es propio de algún monstruo. Más aún, no me atrevo a tratar de verlo, pues me amenaza con alguna horrorosa calamidad si lo intento... ¡Ay, por favor, queridas hermanas! ¿De qué forma podría salvarme?

Las malvadas hermanas vieron con gozo que su presa había caído en la trampa, pero siguieron trabajando sobre sus miedos mediante insinuaciones lúgubres y funestas, hasta que la dejaron sumida por completo en la desesperación. Entonces, dijo la mayor:

—Solo hay una forma de que escapes a esta muerte segura, mi pobre hermana. Esta noche, cuando te vayas a la cama, pon un cuchillo bajo la almohada y esconde una lámpara encendida tras alguna cortina de la habitación, y, cuando venga la serpiente, procura que no sospeche nada: disimula hasta que se haya dormido; a continuación, levántate en silencio, toma el cuchillo y la lámpara, y entonces, de un buen tajo, córtale la cabeza.

8. Las hermanas le dan a Psique cuchillo y lámpara (Luca Giordano)

Ante aquello, Psique sintió un gran escalofrío.

—¡Ay! ¡Jamás me atrevería! —gritó—. Además, ¿cómo voy a escapar después de eso?

—Eso déjanoslo a nosotras, hermana —dijo la otra—: nos quedaremos por los alrededores y te ayudaremos a volver a casa sana y salva. Y una vez que estés libre de ese monstruo, te casarás con algún príncipe joven y apuesto y vivirás dichosa. Pero, mientras tanto, nosotras no podemos quedarnos aquí, así que manda a tu sirviente Céfiro que nos lleve a la cima de la montaña.

Despidiéndose a toda prisa de Psique —pues ciertamente tenían mucha prisa por irse, no fuera que les pasara algo a causa de su propia traición—, las dos malvadas hermanas se marcharon como habían llegado. En cuanto hubieron llegado a la cima de la montaña, bajaron a toda prisa hasta el puerto y zarparon de vuelta a su país.

LA OSADÍA DE PSIQUE

Nunca hubo en el mar un barco tan vapuleado por las olas como lo estaba aquel día la mente de Psique a causa de las emociones enfrentadas. En lo más profundo de su alma se revolvía en contra del acto que sus hermanas le habían aconsejado; pero ¿de qué otra forma podría salvarse de una muerte horrorosa?

Ahora sentía que debía hacerlo, ahora sentía que no era capaz: era algo demasiado horrible... ¿Y si fracasaba?

Ahora pensaba con disgusto en la serpiente, y al momento siguiente la abrumaba como un torrente el amor por su marido. Pero al anochecer habían vencido sus temores, y se preparó para llevar a cabo aquella ominosa iniciativa.

Poco después llegó su esposo; y cuando la hubo besado y abrazado, se durmió. Entonces, Psique, aunque medio muerta de miedo, se armó de coraje por la desesperación. Con sumo cuidado sacó el cuchillo de debajo de la almohada, salió de la cama y tomó la lámpara que había escondido tras la cortina, pero, cuando volvió con la lumbre junto a la cama y contempló al que estaba allí acostado, se hincó de rodillas, temblando y pálida por el estupor, y dejó caer el cuchillo que tenía en la mano. Y es que, en vez de una serpiente, vio a un joven de una hermosura tan divina que la lámpara que aún sujetaba brilló con más fuerza, como si se alegrara de alumbrar semejante belleza.

Psique supo de inmediato que se trataba del mismísimo Cupido; y la dulce visión de él la tuvo hechizada de deleite un rato. Vio su resplandor, sus dorados cabellos que olían a ambrosía y hacían palidecer la luz de la propia lámpara; su cuello más blanco que la leche, y sus rosadas mejillas; sus alas emplumadas en los hombros, como lustrosas flores, que se movían cuando respiraba. En un arrebato de gozo y amor, Psique lo besó mil veces, pero con gran cuidado, no fuera a despertarlo de su sueño.

9. Psique ve por primera vez a Cupido (Luca Giordano)

Pero, ¡ay!, en medio de tan gran regocijo aún tenía la lámpara en la mano, y la sostenía con tanta inestabilidad que al momento le salpicó una gota de aceite hirviendo a Cupido en el hombro derecho. De inmediato el dios se sobresaltó y, al ver que Psique había violado su palabra, huyó por la ventana sin decir ni una palabra. Pero Psique lo agarró por la rodilla sin soltarlo, aunque él ya se alzaba por los aires, hasta que le fallaron las fuerzas y cayó al suelo. Entonces, Cupido fue tras ella y, posándose sobre un ciprés, le dijo irritado:

—¡Ah, Psique, insensata! ¿Por esto desobedecí la orden de mi madre de procurarte al más ruin de los esposos, y en su lugar vine yo mismo del cielo para amarte y hacerte mi esposa? ¿Después de tanto tiempo juntos podías creer que era un monstruo el que te amaba, y planeabas matarme? ¡Cuántas veces te he advertido! ¡Cuántas veces te he rogado que tuvieras cuidado de las palabras de aquellas malvadas consejeras! Pero tendrán su merecida recompensa por su esfuerzo... En cuanto a ti, será castigo suficiente el perderme para siempre.

Tras decir eso, Cupido se fue volando por los aires. Ya se iba haciendo de día, y con los ojos entrecerrados Psique lo miraba entre tremendos sollozos, hasta que ya no pudo verlo; entonces, con la mente apesadumbrada, se fue corriendo enloquecida a un río cercano y se tiró en él para ahogarse. Pero no había de ser, pues el río se apiadó de ella y la puso sana y salva en la herbosa orilla. Entonces, se levantó y vagó por la ribera con mucho llanto.

Tras un rato, vio a Pan, el dios cabrero, sentado en la orilla con Siringa, la ninfa del arroyo, enseñándole a tocar la caña de junco, mientras sus cabras pastaban por los alrededores. Se quedó mirando con lástima a la desdichada Psique y le habría gustado darle algo de consuelo, aunque no podía ayudarla, pues sabía la causa de su disgusto, y entre los dioses es ley que ninguno de ellos ha de entrometerse en los asuntos de los demás con los mortales. Así pues, Pan ni siquiera le reveló a Psique quién era él.

10. Pan aconseja a Psique (Edward Burne-Jones)

—Hermosa muchacha —dijo—, no soy más que un pastor rudo criado en el campo; aun así, pues soy muy mayor, sé muchas cosas, entre ellas, ese arte que los sabios llaman adivinación. Puedo ver en tus irregulares andares, en tus mejillas pálidas, tus suspiros y lágrimas, que estás perdidamente enamorada. Ahora escúchame, pues te voy a dar un buen consejo: no trates de acabar con tu vida, ni llores más; antes bien, venera y adora al gran dios Cupido y obtén su favor gracias a tu devoción y amor.

Pero, aunque Pan trató de disimular, Psique supo que no era otro que el dios de los rebaños y los rediles, por lo que no respondió ni una palabra, sino que se limitó a hacerle una humilde reverencia, y entonces se marchó.

VENUS DESCUBRE A CUPIDO

Durante todo este tiempo, la diosa Venus no había dudado de que su hijo hubiera mantenido su promesa y de que Psique había acabado emparejada, para su desgracia, con algún patán despreciable. Y es que no se hablaba de otra cosa en todo el mundo que de la nueva diosa, y todos los hombres adoraban a la verdadera Venus tanto como antiguamente.

Pero ocurrió que la misma mañana que Cupido abandonó a Psique, Venus bajó de su palacio en la isla de Citera para bañarse en el mar; y mientras estaba bañándose llegó ante ella una gaviota blanca, la más cotilla y chismosa de todas las aves que vuelan, y le dijo que su hijo estaba herido casi de muerte por culpa de una terrible quemadura en el hombro.

—Pero no es por tu causa —dijo el ave—, sino que parece solo culpa suya, pues se dice por ahí que no hace otra cosa que estar en compañía de una mujer ruin en las montañas del Oeste. No te estaría contando todo esto (pues detesto los cotilleos vanos), pero es que concierne el honor de tu nombre, ya suficientemente vilipendiado, pues la gente de mala naturaleza dice que tú misma no eres mejor que la mujer de elección de tu hijo.

—¡¿Qué?! —gritó Venus—. ¿Es que ahora se ha echado mi hijo una novieta? ¿Y ella lo ha puesto a él en esta peligrosa situación? Por favor, ave amable y leal, dime de quién se trata. ¿Es una ninfa, o diosa, o quizá una de las divinas musas, o alguna de mi propio cortejo de cárites?

—Señora mía —respondió la gaviota—, no sé quién es; pero sí sé esto: que se llama Psique.

—¡¿Qué?! —gritó Venus indignada—. ¿Esa abominable criatura que se atrevió a competir conmigo para usurpar mis honores? ¡Qué vergüenza, mi hijo! ¿Se cree que soy una alcahueta, y que tan solo lo envié por la chica para que la haga su amante?

Al punto, volvió a toda prisa a su casa, donde encontró a Cupido echado en una habitación, con gran dolor, a causa de la quemadura. Aunque los dioses no pueden morir ni enfermar, sí pueden ser heridos, y entonces sufren más incluso que los humanos, pues su piel es más pura y delicada.

Pero Venus estaba demasiado encolerizada como para apiadarse de su hijo y comenzó a lanzarle reproches con toda su furia.

—¡Crío insolente, holgazán, descarado! —gritó—. ¿Cómo te atreves a jugársela a tu madre y señora? ¿Es que no te envié a castigar a mi odiada enemiga? Pero en lugar de buscarle un marido odioso, vas y la seduces tú mismo... ¡con la intención de hacerla mi nuera, supongo!

»¡Oh, sí que tienes un gran concepto de ti mismo, muchacho, si crees que con un chasquido de tus dedos tendrás a tu disposición a tu madre, porque eres el único hijo que tiene o tendrá jamás! Bueno, sí que te he malcriado y consentido desde que naciste, ¡crío ingrato! ¡Y esta es mi recompensa!

»Pero ahora aprenderás que yo, que te di todo lo que tienes, puedo quitártelo todo: adoptaré a uno de mis hermosos sacerdotes como mi hijo y le daré tus alas, tu antorcha, tu arco y tus flechas, ya que te atreves a hacer de ellas armas contra mí.

»¡Ja, ja, ja! De un tijeretazo te voy a quitar esas alitas tan bonitas y te voy a cortar esos rizos que hice más lustrosos que el oro... ¡Se alegrará mi corazón al ver la lamentable figura que tendrás entonces, don Cupido!

11. Venus reprende a Cupido (Luca Giordano)

Tras hablar así, Venus se fue de la habitación con toda su cólera y cerró la puerta tras de sí.

Justo entonces, las diosas Juno y Ceres fueron a visitarla y le preguntaron qué le había ocurrido, que estaba de tan mal humor.

—Me parece que lo sabéis muy bien —respondió Venus—, y que habéis venido a propósito para regocijaros en la malévola actitud de mi hijo. Me da vergüenza hablar de ello, pero, si me hacéis el favor, ayudadme a encontrar a una muchacha llamada Psique, que se ha echado a vagar por el mundo.

Efectivamente, Juno y Ceres habían oído ya toda la historia, y, como querían mantener su amistad con Cupido —cuyas flechas temían incluso las más grandes divinidades—, comenzaron a justificar al dios de la mejor forma que pudieron.

—Vamos, querida Venus —dijo Juno—, no creo que sea un crimen tan grande que tu hijo se enamore. ¿Qué otra cosa era de esperar, ahora que se ha hecho mayor? Es que parece que se te olvida que ya no es un niño. A su edad, es totalmente normal que se fije en las muchachas. ¿Por qué te ofendes tanto que juras vengarte de aquella a quien él ama? Anda, perdónale y vuelve a aceptarlo en tu favor.

—Sí, por favor, querida Venus —dijo Ceres—, deja que el joven Cupido sea feliz con esta novia que ha elegido. Sería cosa ciertamente extraña, y los dioses y los hombres se lo tomarían a mal, que tú, que siembras la semilla del amor en todos los corazones, ahora prohíbas sus gozos a tu propio hijo. ¿Es que ha de ser castigado por practicar el dulce arte que ha aprendido de ti, su única señora?

Pero Venus no había de aplacar su enfado por nada que le dijeran las diosas; consideraba que tenían la intención de afrentarla y en realidad estaban burlándose de las injurias recibidas. Así pues, con terrible humor, las mandó callar y dijo que debía irse a visitar su templo de Chipre. Y eso hizo, y se quedó allí un tiempo reconcomiéndose en su cólera.

En cuanto a Cupido, yació en su cama muchos días, atormentado por su herida y pesar por la pérdida de Psique, a quien seguía amando tanto como antes. Su único consuelo era que las dos malvadas de sus hermanas ya habían recibido su merecido castigo, pues, en cuanto él abandonó a Psique, se fue volando a la casa de la hermana mayor y se presentó con la apariencia de Psique, toda pálida y desaliñada.

—¿Qué ha ocurrido, muchacha? —gritó la hermana mayor, sorprendida—. ¿Y cómo has llegado aquí tan rápido?

—¡Ay, hermana! —dijo la supuesta Psique—. Hice lo que me dijiste, pero, cuando llevé la lámpara junto a la cama, vi que mi esposo no era una serpiente... ¡sino el mismísimo Cupido, que estaba dormido! De la impresión, le derramé una gota de aceite hirviendo en el hombro, y él se despertó y me vio el cuchillo en la mano. «¡Fuera de mi vista, asesina!», gritó con terrible cólera. «Renuncio a ti y te expulso de aquí para siempre. Tomaré a otra por esposa, más digna y mucho más bella que tú, tu propia hermana mayor. Ve y anúnciaselo, y dile que venga a reinar aquí en tu lugar». Y de inmediato se me llevó Céfiro hasta aquí. ¡Ay, ay, querida hermana! ¿Qué será de mí ahora? Si no me ayudas, tendré que andar pordioseando de puerta en puerta.

—Sí, eso has de hacer ahora —dijo la hermana mayor—, pues ya no tengo nada que ver contigo, cría insensata y ruin. ¡Me avergüenzo de ti, que pretendías asesinar a tu propio marido! ¡A otra parte a pedir, no aquí, o te echaré los perros!

Y echó a la que creía que era su hermana entre amenazas y maldiciones. Entonces, a toda prisa, se embarcó rumbo al Oeste, subió a la montaña y gritó:

—¡Oh, Cupido!, aquí viene la esposa apropiada para ti. Ahora, Céfiro, recibe a tu señora.

Entonces, se dejó caer por el precipicio, pero, como Céfiro no la recibió, no tardó en caer y hacerse pedazos.

Inmediatamente después le tocó a la otra hermana, que murió de la misma forma, pues Cupido se le había aparecido de la misma guisa y le dijo la misma historia; por tanto, echó de malas formas a Psique —o eso creyó ella—, se fue a toda prisa a la montaña y se tiró.

Y ese fue el final de aquellas dos malvadas princesas.

EL DEAMBULAR DE PSIQUE

Mientras tanto, Psique iba vagando por colinas y valles, por las tierras salvajes y antiguos bosques, en busca de su marido, pues las palabras de Pan le habían dado algo de ánimo, y se dijo:

—Si tan siquiera puedo encontrar a mi amado, aunque no pueda volver a amarme, al menos me perdonará cuando me vea a sus pies rogándole clemencia.

Un caluroso día de verano en su deambular dio con un templo pequeño en la cima de una colina alta y pensó: «¿Quién sabe si mi señor y marido amado está allí?». Así pues, subió la colina, y bien ardua fue la subida. Al entrar al templo, vio que el suelo estaba regado de fardos de trigo y cebada, entre los cuales había guadañas y hoces; pero estaba todo revuelto, como si los agricultores lo hubieran tirado sin cuidado. Entonces, Psique se puso a ordenarlo todo con la esperanza de agradar al dios o diosa a quien pertenecía el templo. «Es que, ciertamente —pensó—, me hace mucha falta la ayuda de alguna divinidad benévola».

Resultó ser un altar de Ceres, la diosa de los cereales, a la que unos campesinos acababan de llevar los primeros frutos de la cosecha y habían dejado las herramientas mientras se echaban la siesta en un bosque cercano. ¿Y quién llegó al momento, sino la propia Ceres?

Cuando vio a Psique ocupada ordenando todo aquello, se detuvo en el umbral y exclamó:

—¡Ay, Psique, pobre desgraciada! ¿Qué haces en esta mi morada? ¡Ve a esconderte! ¿Es que no sabes que Venus te anda buscando por todas partes, llena de furia, y te castigará con crueldad si te pone las manos encima?

Psique la miró y supo que debía tratarse de Ceres por su corona de espigas de trigo y amapolas y la cesta de recolector que llevaba en la mano. Entonces se tiró a sus pies y la regó de lágrimas, poniendo su hermoso rostro en la arena y rogándole de esta forma:

—¡Oh, gran y divina diosa! Te imploro por tu dadivosa mano diestra, por tus gozosos festivales de cosecha, por tu carro de dragones, por los sagrados misterios de tu templo de Eleusis: ¡escucha mis ruegos! Por el matrimonio de tu hija Prosérpina con el rey Plutón, que te costó el sufrimiento de buscarla por todo el mundo, por tus lamentos y pesado deambular... ¡oh, apiádate de mí, tu humilde sirvienta Psique! Deja que me esconda aquí, entre los fardos de cereales, unos cuantos días, hasta que la cólera de la gran diosa se haya aplacado, o al menos hasta que yo haya descansado un poco tras mi largo y penoso deambular.

Pero Ceres respondió:

—La verdad, Psique, es que me conmueven tus plegarias y lágrimas, y de todo corazón querría ayudarte; pero, si te diera cobijo aquí, ofendería a Venus, la hija de mi propio hermano y gran amiga desde hace tiempo. Así pues, no te confundas y márchate de inmediato.

Entonces, desilusionada y frustrada, Psique salió del templo y se fue de allí. Tras un rato, vio a lo lejos otro templo en un valle, más grande y majestuoso que el primero, y se fue a toda prisa hacia allí con la esperanza de que se le consintiera refugiarse allí. Al acercarse, vio muchos collares y ceñidores de oro, y ricos vestidos bordados con oro colgados de las jambas del templo y los árboles de los alrededores; y todas estas ofrendas tenían bordado o grabado el nombre de Juno. Psique entró y, arrodillándose con devoción ante el altar, se agarró a él con las dos manos y rezó con estas palabras:

—¡Oh, esposa del excelso Júpiter! Tú, que eres venerada en los grandes templos de Samos, en la rica Cartago, y por las aguas del Ínaco; tú, a quien todo el Este adora como la reina del cielo: ¡escucha mi plegaria! Tú, que eres la protectora de todas las mujeres, y especialmente de las encintas: ¡apiádate de mí y de mi hijo nonato! ¡Oh, sálvame del peligro que me persigue! ¡Concédeme descanso y refugio en tu hogar, pues ya estoy exhausta por el pesar y el cansancio!

En cuanto hubo hablado así, la reina Juno se plantó ante ella con toda su gloriosa majestad.

—Ciertamente, Psique —dijo—, me encantaría ayudarte; pero mi conciencia me impide entrometerme en los asuntos de Venus, la esposa de mi hijo, pues la he amado siempre como a mi propia hija. Además, violaría la ley respectiva a ayudar a esclavos fugitivos, pues tengo entendido que ahora eres la esclava de Venus, tu señora, que anda buscándote. Por tanto, tengo que pedirte que te vayas de aquí inmediatamente.

Tras el segundo rechazo, la pobre Psique se levantó y salió del templo con pasos tambaleantes, sollozando como una niña perdida. Y ahora se apoderó de ella la desesperación y la hizo temeraria.

—¡De nada sirven las plegarias! —se dijo a sí misma—. Los dioses no me van a ayudar: no hacen sino rechazarme. ¡Ay! ¿Y ahora qué? ¿Dónde podré ocultarme? ¿Qué bosque o caverna es tan oscura y secreta que Venus no pueda encontrarme ahí? ¡No! No dejaré que me rastreen y me saquen a tirones como a una fiera de su guarida. Seré valiente: iré directamente ante Venus y me doblegaré con humildad a su voluntad, como si ciertamente fuera su esclava fugitiva. Sí, eso es lo que debo hacer, pues ¿cómo puedo saber que aquel al que busco no está en la propia casa de su madre?

PSIQUE SE RINDE A VENUS

Durante tres días, Psique prosiguió su camino, exhausta y con los pies doloridos; entonces llegó a un majestuoso palacio cerca del mar. Estaba construido de mármol blanco, y a su alrededor había manzanos llenos de frutas y jardines llenos de rosas y mirto. Los gorriones piaban bajo los aleros del tejado, y bandadas de palomas blancas, posadas en los bordes y cornisas, lo llenaban todo de música y cantos.

Psique vio a dos halcones revoloteando y se asustó al verlos abalanzarse sobre las palomas; pero, para su gran sorpresa, las palomas seguían gorjeando serenamente, los gorriones bajaban volando sin miedo desde sus nidos e iban dando saltitos por la hierba, y las aves de presa continuaban a lo suyo.

De esta forma, Psique supo que había llegado al hogar de Venus, pues el gorrión y la paloma eran símbolos favoritos de la diosa del amor. Las palomas tiraban de su carro de plata cada vez que marchaba, y los audaces y alegres gorriones piaban mientras la seguían.

Mientras Psique se acercaba a la puerta del palacio, la conserje, cuyo nombre era Costumbre, salió a su encuentro y exclamó:

—¡Ajá! Por fin has venido, ramera. ¡Y en el momento adecuado! No, no vengas con esa mirada inocente, como si no supieras perfectamente la frustración que has dejado tras de ti. Ven, ven: tu ama te espera, y te prometo que aprenderás el auténtico significado de la servidumbre. ¡Ja, ja! ¡Va a hacer de tu vida un tormento!

Agarrando a Psique del pelo, la arrastró hasta los pies de Venus.

Cuando la diosa, que estaba recostada en un sillón de oro colmado de hojas de rosas frescas, vio a la pobre Psique temblorosa ante ella, toda llena de polvo y suciedad del camino y con el pelo todo revuelto, se rio a carcajadas, una risotada llena de crueldad, más malévola que benévola, y mientras tanto inclinaba la cabeza y se tiraba de los pendientes.

Finalmente, dijo:

—¡Oh, diosa, hermosa diosa! Por fin te has dignado a visitar a tu suegra... ¿O debería decir mejor que has venido a visitar a tu marido, que yace a las puertas de la muerte por culpa de la herida que le infligiste? En cualquier caso, te aseguro que te trataré como a una hija... ¡Eh! ¿Dónde están mis sirvientas Pena y Tristeza?

12. Psique ante el trono de Venus (Henrietta Rae)

De inmediato acudieron estas sirvientas, vestidas de oscuro y con el rostro adusto; Venus les ordenó que sacaran a Psique de la habitación y la flagelaran con ramas de mirto y, a continuación, se la llevaran de vuelta a su presencia. Una vez hecho, la diosa se rio con más ganas que antes y acometió a Psique con gran cantidad de burlas y pullas. A continuación, se la llevó a un cuarto vacío, sin muebles, donde había un gran montón de granos de trigo y de cebada, semillas de amapola, guisantes, lentejas y alubias, todo ello junto y mezclado en el suelo; y mirándola con desprecio, le dijo:

—¡Eres una mona tan fea que tu novio solo puede haberte elegido porque pareces una sirvienta laboriosa! Ahora voy a ver de lo que eres capaz. Ordenarás todos los granos y semillas de este montón y los agruparás según su tipo... ¡y procura tenerlo hecho antes del anochecer!

Acto seguido, tras encerrar a Psique en la habitación, Venus se marchó a un gran banquete que celebraban los dioses ese día. Pero Psique no se puso a trabajar, pues le resultaba obvio que era una tarea imposible: se sentó en el suelo, en el rincón, y se quedó allí inmóvil y en silencio, aturdida por su infortunio, demasiado incluso para llorar. Pero acudieron unos ayudantes que ni ella ni su ama podrían haberse imaginado.

Una industriosa hormiguita, durante sus viajes, se había enterado de todo lo que había ocurrido entre Venus y su prisionera, y la criaturilla se apiadó de Psique y condenó la crueldad de la diosa. Al punto, se fue corriendo de aquí para allá y convocó a todas las hormigas del campo, y les dijo:

—¡Amigas, veloces hijas de la Tierra Nutricia! Os ruego que vengáis en auxilio de esta pobre muchacha, la amada de Cupido, pues está en peligro de muerte a causa de su cruel suegra. ¡Venid! ¡Acudamos todas en su auxilio!

Y al momento, mientras Psique estaba sentada mirando con la vista perdida al montón que había frente a ella —¡increíble de decir!—, todo empezó a moverse, como si los granos tuvieran vida, y pequeños regueros marrones parecían correr en todas direcciones, hasta que todo quedó en orden. Psique creyó que debía de estar soñando: se frotó los ojos y volvió a mirar.

Sí... el gran montón había desaparecido, y en su lugar había seis montones más pequeños, uno solo de trigo, y otro solo de cebada, etc.; y es que aquel ejército de hormigas se había colado por debajo de la puerta y se había puesto a trabajar, ordenando los diferentes tipos de cereales y semillas.

Tras terminar, se fueron tan rápido como habían llegado.

Al anochecer, Venus regresó a casa desde el banquete, alegre por el vino, coronada de rosas y oliendo a aceite de nardo; y de esa guisa fue a ver qué había estado haciendo Psique. Cuando vio que la tarea estaba hecha, se quedó atónita, pero lo único que dijo fue:

—Esto no ha sido obra *tuya*, niña, sino de tu amante.

Entonces, le arrojó a Psique un mendrugo de pan negro y se marchó a dormir. Durante largo rato se quedó pensando cómo había podido Cupido ayudar a Psique, pues, tras cortarle las alas, como había amenazado, lo había encerrado en la habitación con la puerta más robusta de todo el palacio.

Así, bajo el mismo techo estaban aquellos dos enamorados, pero separados el uno del otro por cerrojos y pestillos.

LAS LABORES DE PSIQUE

A la mañana siguiente, Venus llevó a Psique a la orilla del río que corría al fondo del jardín, y le dijo:

—¿Ves aquel bosque al otro lado del río? Allí hay unas ovejas silvestres con vellón de resplandeciente oro, y quiero que vayas al vado y me traigas algunos mechones de su lana.

A continuación, se marchó a la casa, pero Psique no fue al vado, sino a la parte más profunda del río para arrojarse de cabeza al agua y acabar con sus penalidades. Entonces, un junco verde le habló con gran dulzura y casi cantando:

—¡Oh, Psique, Psique! Te lo ruego, no perturbes y enturbies mi arroyo con tu muerte. Igualmente, cuídate de no acercarte a aquellas terribles ovejas salvajes hasta que haya pasado la tarde, pues, mientras brilla el sol, son seres peligrosos y brutales, y matan con sus aguzados cuernos y mortales dientes a cualquiera que se les acerque.

»Pero cuando se suaviza el sol, así también lo hace su furia, y entonces bajan hasta el río para refrescarse en las aguas. Así pues, hasta ese momento, escóndete junto a mí y mis hermanas al cobijo de este gran plátano de sombra; y entonces podrás ir a recoger los mechones de su vellón de oro que se habrá quedado enganchado entre las zarzas y las espinas de los arbustos junto a la ribera.

Psique le dio las gracias a aquel amable junco y se dispuso a seguir su consejo. Cuando finalmente se hubo llenado las faldas del vestido del dorado vellón que encontró enganchado entre los arbustos, se lo llevó a Venus, no sin esperanza de que aquel peligroso encargo fuera a garantizarle el perdón.

Pero la diosa se enfadó tanto ante el resultado de aquella tarea como lo había hecho tras la primera; se rio desagradablemente y dijo:

—Sé muy bien que no has sido tú la que ha recogido esta lana. Sin embargo, mañana veremos si eres tan maravillosa, valiente y lista como haces ver.

Y al día siguiente se llevó a Psique a una ventana que daba a las llanuras del campo, y le dijo:

—¿Ves aquella colina empinada y rocosa, con una cascada de agua negra que cae desde arriba? Se trata de las mortales aguas de la Estigia, que alimenta los ríos del inframundo. Ahora, toma esta botella de cristal y llénala de aquella agua. Ve ya, te digo, y ten por seguro que, si fracasas, te aguardan insólitos tormentos.

13. Venus le encomienda una nueva tarea a Psique (Luca Giordano)

La pobre Psique se marchó y subió a la colina, aunque era con el propósito de morir más que con el de recoger agua alguna. Y cuando llegó a la cima, supo que su misión era en vano, pues vio una gran roca, de la cual salía a borbotones un torrente que iba bajando de un saliente a otro hasta un barranco.

A ambos lados del torrente vio tremendos dragones —los insomnes guardianes de la fuente Estigia—, extendiendo sus largos y cruentos cuellos hacia ella; y el mismo rugido de las aguas parecía pronunciar con voz ronca: «¡Fuera, fuera! ¿Qué pretendes hacer? ¡Huye, huye, o de lo contrario morirás!». Pero Psique no podía moverse ni pensar ni tan siquiera llorar: tan entumecida estaba por el miedo; allí estaba rígida, como si se hubiera transformado en piedra.

Y ahora, ciertamente, parecía que había llegado su hora, en aquella montaña desolada, alejada de cualquier auxilio. Pero un águila, la regia ave del gran Júpiter, la vio desde la celestial morada del dios y fue rauda ante ella con sus poderosas alas. Era digna de ver, una vez que se hubo posado en una roca junto a Psique, con su plumaje marrón y lustroso a la luz del sol; aunque su apariencia era ciertamente imponente, ella no se asustó, sino que se consoló al verla entre ella y los dragones.

—¡Ay, Psique, la más simple e ignorante de las muchachas! —dijo, hablando con voz ronca, como hacen las águilas—. ¿Crees que puedes coger tan siquiera una gota de este terrible arroyo, que hasta los dioses no pueden contemplar sin sentir temor y temblar? ¿Es que no sabes que, mientras que los mortales hacen sus juramentos solemnes por los dioses, los dioses suelen hacerlos por la espantosa santidad de la Estigia, y que ese es entonces un juramento que ninguno se atreve a violar? Anda, dame la botella...

Y arrebatándosela de la mano, el águila voló sobre los dragones, la llenó y se la devolvió a Psique en un abrir y cerrar de ojos.

—Ni una palabra —le dijo a Psique, cuando ella fue a darle las gracias—. Móntate en mi lomo, agárrate a mi cuello, y yo te llevaré de vuelta desde la montaña. Vamos, no tengas miedo: te llevaré con tanto cuidado como en su momento hice con Ganimedes. Pero diría que no sabes quién es *él*, pues no pareces saber nada...

Entonces, Psique obedeció de buen grado, y en un momento —o eso le pareció a ella— aterrizó en casa de Venus, y el águila se volvió a elevar entre las nubes y desapareció de su vista.

EL DESCENSO AL HADES

Y ahora, en su sencillez, Psique creyó que sus problemas habrían llegado a su final, por lo que con gran alegría en el corazón se presentó ante Venus con la botella de cristal llena de las oscuras aguas de la Estigia. Pero la diosa la cogió entrecerrando los ojos e, incapaz ya de ocultar su cólera con chanzas y sonrisas sarcásticas, le dijo con voz severa:

—¡Eres una bruja, tú, y dominas la magia! De otra forma jamás habrías podido hacer esto. Muy bien, bruja. Harás una cosa más por mí. Toma esta cajita de marfil y ve a visitar a Prosérpina en el Hades, y pídele que me envíe algo de su belleza, la suficiente para un día. Dile que la mía se ha debilitado por la aflicción de mi hijo. ¡Vamos! ¡Y date prisa! Con esa belleza he de maquillarme antes de ir a la próxima asamblea de los dioses.

Psique no se atrevió a responder ni una palabra, sino que se limitó a tomar la cajita y se marchó a toda prisa. «Este es mi final —pensó sin esperanza—. Ahora me doy cuenta de que ninguna otra cosa más que mi muerte satisfará a Venus. Por eso me manda a la tierra de los muertos, de donde nadie puede regresar. Bueno, ya que no puedo evitarlo, ¿a qué retrasarme? Iré a aquella torre y me tiraré de cabeza: ese será el camino más rápido al Hades».

Y entonces se fue corriendo a la torre más alta del palacio y subió por sus marmóreas escaleras; pero, al llegar a lo alto, una voz, como de alguien que estuviera a su lado, pronunció su nombre.

—¿Quién me llama? ¿Quién eres? —dijo, temblando, pues no veía a nadie.

—¡Soy la torre! —dijo la voz—. Sé por qué has venido aquí, desdichada muchacha, pero ¿por qué vas a terminar con tu vida de esta forma? ¡No! Sé paciente. Recuerda: si tu alma y tu cuerpo se separan, ciertamente llegarás rápido al Hades, pero entonces morarás allí por siempre jamás.

—Ya lo sé —dijo Psique entre sollozos—, pero la muy despiadada de Venus me ha condenado a ir... y este es el único modo.

—¡En absoluto! —dijo la torre—. Escúchame bien, y te diré cómo podrás llevar a cabo tu recado sana y salva. Hay un lugar llamado Lacedemón no muy lejos de aquí. Ve allí y pregunta por el monte Ténaro, donde encontrarás una caverna que lleva al inframundo, al mismísimo palacio de Plutón.

»Allí encontrarás el camino, pero echa cuenta de no ir con las manos vacías a aquel lugar tenebroso: has de llevar en cada mano una torta de harina de cebada amasada con miel, y métete dos monedas en la boca. Cuando hayas llegado abajo, verás a un asno cojo cargado de haces de leña y a su amo, un hombre lisiado, que te pedirá que recojas y le des algunos palos que se le han caído; pero procura no hacerlo, ni tan siquiera responderle: pasa de largo.

»Poco después, llegarás al embarcadero de los muertos, donde trabaja el abominable Caronte; allí verás que la avaricia es ama y señora también en el Hades, pues el barquero exige pago por adelantado para cruzar las almas en su barca. Es por esto por lo que a los muertos se los suele enterrar con una moneda en la boca: para que puedan pagar la travesía. Así pues, ofrécele al espantoso Caronte una de tus monedas, y haz que la coja él mismo de entre tus labios, pues así acostumbra hacer.

»Mientras estás en la barca, verás a una vieja nadando a tu lado y extendiendo sus cadavéricas manos, y te rogará con lastimeras voces que la subas a bordo; ¡pero procura ignorarla!

»Y cuando hayas cruzado el río, verás a otras viejas demacradas tejiendo, que te pedirán que te pares a ayudarlas; pero, de nuevo, habrás de ignorarlas a ellas también. Y es que todo esto de lo que te estoy advirtiendo no son sino trampas y cebos que Venus te tenderá para que sueltes las tortas de cebada y miel.

14. Psique en la barca de Caronte (Eugène Ernest Hillemacher)

—¿Por qué? ¿Cuál es la importancia de eso? —preguntó Psique, curiosa.

—¡Vaya, pues mucha! —dijo la torre—. Si perdieras o te robaran una de las tortas, jamás podrías regresar a ver la luz del día. Así pues, protégelas bien y no las sueltas hasta que hagas uso de ellas de la forma que ahora te voy a decir.

»Tras pasar a las viejas tejedoras, llegarás al palacio de Plutón; y allí a las puertas verás al enorme perro monstruoso con sus tres cabezas, que día y noche hace guardia. Te ladrará de forma horrísona nada más verte, y, si llegaras con las manos vacías, te despedazaría; pero échale una de las tortas, y te dejará entrar sana y salva.

»Allí encontrarás a la reina Prosérpina en su trono. Te dará la bienvenida de forma amistosa y te dirá que te sientes en una silla de oro, y te ofrecerá todo tipo de comida y bebida deliciosas, y te presionará para que las pruebes. Pero no toques nada, Psique, pues, una vez que bebas o comas de sus manjares, ¡habrás de quedarte allí para siempre! Siéntate en el suelo y dile que no comerás más que un bocado de pan negro. Entonces, dile cuál es tu recado de parte de Venus y, en cuanto te dé lo que vas buscando, vuelve por donde fuiste.

»Con la otra torta podrás volver a pasar al perro de tres cabezas, y con la otra moneda, pagar al codicioso Caronte por la travesía. Tras eso, tu viaje de camino a casa será fácil. Tan solo ten cuidado, por encima de todo, de *no* abrir la cajita de marfil. Insisto: *no* metas las narices en el tesoro de la belleza de la divinidad.

De esta forma instruyó con toda amabilidad la torre a Psique, y ella, recobrando el ánimo, le dio las gracias y emprendió su peligrosa aventura. Si la torre recibió inspiración de algún dios o si estaba encantada y le habían concedido alma cuando la construyeron —como la famosa nave Argo que daba consejos a la tripulación en los peores momentos—... no lo sabe nadie.

LA CURIOSIDAD DE PSIQUE

Obediente a los consejos y advertencias de la torre, Psique entró al inframundo y salió sana y salva. Pasó junto al asno cojo y su dueño; ignoró a la vieja del río y se negó a ayudar a las viejas tejedoras; apaciguó al perro de tres cabezas con una de las tortas de cebada y miel.

Cuando llegó a la cámara de la reina Prosérpina, no se sentó en la regia silla que le ofreció ni probó sus manjares, salvo un poco de pan negro; y entonces se arrodilló con toda humildad ante los pies de Prosérpina y le dijo cuál era su recado. Al contemplar a la reina del Hades, Psique no se extrañó de que la mismísima Venus quisiera que le prestara un poco de su belleza, pues aquella era más hermosa que la estrella de la tarde y brillaba como una estrella entre las sombras del lugar.

Y en cuanto la diosa le devolvió la cajita de marfil —en la que había metido algo, aunque Psique no sabía qué era—, se fue por donde había llegado, le dio al perro la otra torta y le pagó al adusto barquero la otra moneda.

Pero cuando Psique salió de la caverna del monte Ténaro y llegó de nuevo bajo los alegres rayos del sol, le sobrevino un gran anhelo de abrir la cajita de marfil.

—¡Qué boba soy! —se dijo para sí misma—. Voy con esta belleza divina en la mano... ¿y no voy a coger un poquito para mí, que me lo aplique en la cara y sea más hermosa para mi amado?

15. Psique abre la cajita de marfil (John William Waterhouse)

Y al punto levantó la tapa y miró dentro de la cajita, donde... ¡ay!, no vio más que un vapor gris que salió como una bocanada de humo que le impregnó los ojos y la nariz; y Psique, en cuanto lo hubo respirado, cayó al suelo en un sopor similar a la muerte, pues, para conservar su místico presente, la diosa había metido también en la cajita de marfil un poco del sueño indespertable que les tiene cerrados los ojos a los muertos.

Durante todo este tiempo, Cupido se había recuperado de la terrible herida del hombro causada por el aceite hirviendo, y las alas, que Venus le había cortado, le habían vuelto a salir. Y su amor por Psique, que él creía muerto por la traición de ella, renació en su corazón de tal modo que no podía soportar estar separado de ella. Así pues, cuando vio que la puerta de su habitación tenía el cerrojo echado, salió por la ventana y se fue volando en busca de su amada, y no tardó en encontrarla, como es común en los dioses.

16. Cupido encuentra a Psique (Anthony van Dyck)

Allí estaba echada, como muerta, en la ladera de la colina, con el sueño que le cubría el rostro como una máscara gris. Cupido se lo quitó y lo volvió a guardar en la cajita de marfil, y le dio a Psique un suave pinchacito con una de sus flechas. Entonces, ella se despertó, y él, con una sonrisa, le dijo:

—¡Ay, picaruela! ¡Una vez más tu curiosidad casi acaba contigo! Pero ahora ve y dile a mi madre que has llevado a cabo su mandado, y yo me ocuparé de todo lo demás.

17. El reencuentro de Cupido y Psique (Jean-Pierre Saint-Ours)

Entonces, Cupido se fue volando hacia el cielo sin una palabra más; pero, en cuanto lo vio, Psique se sintió tan llena de alegría y solaz que fue despreocupadamente a casa de Venus y le presentó la cajita de marfil con rostro recatado pero firme. «Ahora puedo llevar a cabo cualquier misión —pensó—, pues sé que mi amado me sigue amando a mí».

Pero la diosa, tras tomar la cajita de entre las manos de Psique, miró dentro y se quedó un rato callada; entonces, con una sonrisa encantadora y meliflua voz dijo:

—Bien hecho... ¡hija mía! Aunque ya eres la más hermosa entre las mujeres, esta belleza de Prosérpina servirá para que estés aún más guapa para la boda con mi hijo. Y tengo que maquillarte ya, Psique, pues hoy es el día de tu boda.

LA BODA DE CUPIDO Y PSIQUE

Mientras Psique iba desde el monte Ténaro hasta la casa de Venus, Cupido había ido volando al cielo y le había expuesto el caso a Júpiter, el rey supremo de los dioses. Le habló de su amor por Psique y de que, a pesar de su insensatez y debilidad, ella lo amaba con tan gran devoción que lo había estado buscando por todo el mundo, sin que le importaran los peligros y las penalidades; cómo, por él, había soportado sin una queja la crueldad de Venus y había llevado a cabo todas las peligrosas tareas que le había impuesto, incluso descender viva al

Hades. Y le rogó a Júpiter, si es que alguna vez el amor le había conmovido su regio corazón, que se apiadara de los dos leales amantes y consintiera su matrimonio.

Entonces, Júpiter le dijo a su heraldo Mercurio que convocara a todos los dioses a una asamblea, y que proclamara que quien no acudiera recibiría una multa tan imponente que hasta los inmortales temblaran ante la idea, y de esa forma no quedaría un asiento vacío en la asamblea. Júpiter, que la presidía, se dirigió a los reunidos de esta forma:

—¡Oh, senadores celestiales, alistados en el registro de las musas! Escuchad el asunto que tenéis ante vosotros. Todos conocéis a este joven, Cupido, el hijo de mi hija Venus, que está aquí para exponer su caso. Sabéis que tiene mala fama entre los dioses y los hombres por sus formas locas y salvajes y los caprichos que le dan por una ahora y luego otra.

»La mejor cura para esto es el matrimonio. Parece que por fin se ha enamorado de una muchacha mortal, con quien ya ha consumado, aunque en secreto, por temor al desagrado de su madre. Pero yo propongo que ahora nosotros, los dioses aquí reunidos, celebremos debidamente su unión en estos nuestros divinos salones. —Y volviéndose a Venus, que había acudido a la asamblea en el momento en que Psique aún estaba de camino desde el monte Ténaro, añadió—: Y tú, hija mía, no has de temer deshonra ninguna por la unión de Cupido con una mortal, pues nuestro decreto hará que sea un matrimonio auténtico y legal, y los hijos nacidos de él serán divinos.

Entonces, todos los dioses y diosas presentes declararon al unísono la aceptación del matrimonio de Cupido y Psique, y Júpiter los invitó a todos al banquete de boda, que él mismo ofrecería por la mañana.

Así pues, al día siguiente, cuando Venus y sus tres doncellas, las Gracias, hubieron vestido de novia a Psique, el heraldo Mercurio se la llevó al salón de banquetes de Júpiter, donde los invitados divinos estaban ya reunidos. Psique estaba sentada junto al novio en el sitio de honor, junto al trono donde Júpiter y Juno estaban sentados juntos, y el resto de los inmortales tomaron asiento según su rango, y por fin comenzó el gozoso banquete.

18. La boda de Cupido y Psique (Pompeo Batoni)

La comida era ambrosía, y la bebida era néctar, el vino de los dioses. Hebe les llenaba a todos la copa, excepto a Júpiter, a quien servía de copero el joven Ganimedes. Pero primero, el propio Júpiter le dio a Psique un plato lleno de ambrosía y le dijo:

—Come de esto, Psique, que seas una diosa inmortal y seas la esposa de Cupido por siempre.

Entonces, las Horas los coronaron de rosas y otras flores fragantes; las Gracias perfumaron el aire con delicados bálsamos; las Musas cantaban dulcemente a la música de la lira de Apolo; Pan tocaba su flauta; por último, Venus bailaba ante ellos con un aire tan encantador que parecía que se deslizaba por las olas, como el día que apareció por vez primera entre la espuma del mar.

De esta forma quedó Psique casada con Cupido, y a su debido tiempo tuvieron una hija preciosa, a la que llamaron Voluptuosidad.

ÚLTIMAS PALABRAS

Gracias.

Espero que hayas disfrutado y aprendido a partes iguales, ¡porque los mitos son maravillosos!

Si has llegado hasta aquí, puedo imaginarme que te interesa también el mundo clásico en general, la filología, etc. De ser así, me gustaría invitarte a mi famoso boletín diario: https://humanistasenlared.com/boletin/.

Y si, ya que estás, quieres hacerme un favor, me vendría de perlas que calificaras con cinco estrellas este libro en Amazon. Eso me animará a seguir escribiendo, traduciendo y publicando más obras sobre mitos, el mundo clásico, la filología y la lingüística y las humanidades en general.

Para no perderme la pista a mí y mis publicaciones, recuerda apuntarte a mi boletín diario, que es gratis (y muy divertido, ilustrativo, informativo... ¡una maravilla, vaya!): https://humanistasenlared.com/boletin/. Ahí voy anunciando publicaciones y podrás beneficiarte de los precios especiales de lanzamiento.

Una vez más...

¡Gracias!

Paco

REFERENCIAS

La imagen de la portada es obra del artista William-Adolphe Bouguereau (1825-1905), en dominio público y disponible en Wikimedia Commons. Las demás imágenes tienen sus respectivos créditos y también son de dominio público y están disponibles en Wikimedia Commons.

El texto es mi traducción y adaptación de la publicación de Winifred Margaret Lambart Hutchinson, concretamente de uno de sus escritos de *Evergreen Stories*. La obra original en inglés está en dominio público.

Además de traducir, he adaptado alguna cosilla. Por lo general, he dejado los nombres propios tal cual (es decir, en su versión latina, no griega, p. ej. *Venus*, no *Afrodita*), aunque hay alguna excepción por ahí cuando me ha parecido oportuna.

La tipografía general es EB Garamond, de Georg Duffner y Octavio Pardo; la de los títulos es Cinzel Decorative, de Natanael Gama. Ambas cuentan con licencia Open Font License.

Printed in Great Britain
by Amazon